A une jeune intéressante

Veuillez bien recevoir, modeste et jeune fille,
Mon offre, un mot du cœur, et je dirais d'amour
Si revenait jeune âge agréable à gentille,
Si ce bel âge d'or me faisait beau du jour,
Mais l'on ne voit briller ni rajeunir ma tête
Et je vis à l'oubli. Par un rapide cours,
Quand on est entraîné vers demeure secrète
Qui s'entr'ouvre et s'enferme à la fin de nos jours
Comment se reposer sur des plaisirs volages
Qui ne savent que nuire et conduire à l'écueil ?
Si la rose s'effeuille en fréquents badinages
Pour nous passer en mains, pour tant flatter notre œil
Ainsi que tous nos sens à ne se priver d'elle,
Il le faut bien quand fuit cette saison des fleurs,
Son printemps, son bel âge. O vous la jouvencelle
Qui formez des désirs, modérant leurs ardeurs
N'y cédez qu'à propos. Vous portez les douceurs
Dont la rose est l'emblème à surface d'épines,
Rose y tombe et périt aux airs pernicieux.
De suaves odeurs, des roses superfines
S'exhalent bien plus au jardin glorieux.
Puissent votre beauté, votre douceur, vos charmes
Nous bien faire envier leurs aimables attraits
A l'abri des écueils, des regrets et des larmes,
Séjour des amoureux purs constants à jamais !

A une charmante Danseuse

Aimable jeune fille et beauté de nos jours,
Qui des vôtres sans cesse, embellissez le cours,
Vous avez l'agrément de plaire à tout le monde.
A voir vos pieds légers faire la danse ronde,
On a sur vous des yeux toujours très attentifs.
Aux grâces de ces tours que vos attraits sont vifs !
En charmant, ravissant, brillante jouvencelle,
L'ensemble affectueux, la jeune clientèle,
N'oubliez, ô gentille ! en indice d'honneur,
De ressembler sans cesse à la plus belle fleur.
O rose épanouie ! emblématique rose,
Gardez, gardez encor cette fraîcheur éclose
Et liberté du cœur et liberté des sens
En jouissant du mieux de votre jeune temps.

Il est toujours qui guette et qui file la trame
Pour avoir des douceurs et pour prendre votre âme.
On pense au mariage et bon temps y conduit,
Beau visage à l'œil doux, belle mine séduit,
Mais cet œil doux souvent devient un œil de flamme
Et deux ans tout au plus passés dans le bonheur
On sent finir sa joie et commencer ses peines,
On regrette sa fleur, sa rose et sa fraîcheur,
On finit par montrer sa pâleur et ses veines.
Ce n'est plus ces moments où l'on offrait son cœur
D'une agréable voix, d'un regard de douceur
Et toujours belle, aimable à qui plus savait plaire.
Le mieux n'est plus après que de savoir se taire.
O vous, charmante fille, à vous soit le bonheur
Par un choix convenable à bien vous faire honneur !
Pour qui ce frais visage à l'aimable sourire
Et ces brillants attraits pour lesquels on soupire ?
Tout heureux qui pourra posséder votre cœur
De gentille si fraîche et si sage que douce,
Bien plus belle à mes yeux que la rose qui pousse.

Le mois de Mai

Le bel astre déjà nous échauffe sur terre
En prolongeant sa course en aimables rayons
Et voilà de retour l'admirable mystère
Qui s'accomplit pour nous sur tous nos horizons :
Gazon, feuillage, fleur, tendre bouton de rose
De ce globe c'est vous l'ornement le plus beau.
En silence adorons Celui qui le compose,
Offrons lui donc aussi remerciement nouveau,
Chaque matin de même au lever de l'aurore,
Adressons-lui bien tous nos plus tendres accents.
Doux zéphyr et repos calme de la nature,
Chant d'oiseau, petit nid et l'amour du printemps,
Verdure variée et charmante parure
Tu ramènes la joie et puis tu nous apprends
A connaître l'auteur de ton parfait ensemble
Qui nous remplit d'espoir en nous parlant au cœur,
Beau mois de mai si doux, quel autre te ressemble ?
De Marie un regard relève ton honneur,
Chez toi l'on ne voit plus celui qui du froid tremble,
Tes grâces et tes ris se retracent en nous,

Plus nous suivons ton cours, plus nous prenons la mine
Dépouillés du manteau qui nous dégage tous,
L'un met son beau chapeau de paillette très fine,
L'autre son pantalon de fond clair, de fond blanc,
Son beau paletot noir à la mise légère.
Le mois de mai des mois c'est bien lui le plus franc,
Son air est le plus pur, agréable sur terre.
Les voilà ces beaux jours de récréation
De la saison nouvelle. Elle s'apprête à rendre
La belle promenade à la narration
De tout le monde en cours, qui ne se fait attendre.
La promenade est bien de nos bons cordonniers
L'excellente nourrice. On aime les souliers.
Elle est très bien encor, ce que je me figure,
La fête et le plaisir de jeunes fiancés,
On peut bien ajouter des jeunes mariés
Qui paraissent de mise et de belle tournure,
Mais souvent bien aussi pour des maris jaloux
Un très grand purgatoire. A la femme coquette
C'est paradis terrestre. Il est de ces yeux doux
Qui l'aperçoivent bien à sa belle toilette,
C'est d'entremise aussi pour des projets d'amour,
De bien des jeunes gens pour de folles intrigues,
Mais il faut mettre un frein qui soit à tous des digues,
Digues aux flots d'orage, aux vices de nos jours.
Par le moyen qui sait donner bonne conduite
On s'éloigne du mal ainsi que des regrets,
On se fait plus de bien d'éviter leur poursuite
Que de plaisir on prend à tous ces feux follets.
Dans le cours du printemps et beaux jours du jeune âge
On veut trop s'amuser, on ne sait être sage,
Mais c'est là qu'on se trompe. On ne fait de vieux ans,
On a perdu sa peine ainsi que tout son temps.
L'expérience alors est bien trop tôt venue
Pour bien montrer d'où vient cet insigne malheur,
La sagesse en l'autre âge est bien plus résolue,
Soit que l'on sache mieux ce que c'est le bonheur,
Ou soit que l'œil alors ait moins vive étincelle,
On rougit du passé, prévenant l'avenir
Et l'on vit au présent, par meilleuré cervelle,
Voilà donc bien pourquoi l'on ne fait qu'avertir.

Le Printemps

LA JEUNE FILLE

On jouit au printemps qui nous offre sa grâce,
Sa rose, son odeur et sa belle fraîcheur
Que jeune souriante, aimable nous retrace
Au bon teint de visage, à charmante douceur,
C'est le temps des désirs, des plaisirs de jeune âge,
De mise à la gentille à l'élégant corsage.
Le gai rossignol chante, est très mélodieux,
Et la rend plus pensive au brillant de ses yeux,
De sa vive jeunesse à fort belle manière
Qui font d'elle gentille et sans être trop fière.
Aussi se peut-il bien que même intéressants,
Poètes érudits lui deviennent galants.
Qu'elle soit bien encor très aimable à la danse,
Ce n'est guère étonnant, belle à belle cadence,
Mais c'est plus exposant, c'est assez périlleux
Pour jeune fille à l'âge, au cœur affectueux.
Le rusé Cupidon qui la guette et tourmente,
Qui caresse et la flatte et ne repose pas,
Fait bien la danse ronde et tente et puis retente.
Qui profite assez peu des aimables appas,
Qu'il recherche de cœur plus que des yeux, des pas,
Peut avoir ses désirs ainsi que son envie,
Il faut les modérer et ne flétrir sa vie
Pour un penchant, un trouble et plus se retenir
Que de faire un baiser sur la lèvre mi-close
De souriant visage à l'aimable teint rose
Pour un petit bonheur qu'on voudrait y tarir.
Eh bien ! la jeune fille, en ça que vous en semble ?
Par mots si doux, mon Dieu, que la pudeur ne tremble,
Mais je voudrais vous dire et vous bien exprimer
Que souvent tout n'est rose et plaisir dans ce monde.
On doit tenir beaucoup à ne se diffamer,
A ne pas s'exposer au danger de la ronde,
Au mal comme à la peine, aux regrets, à gémir
Pour un baiser lascif que le vice propose,
Pour goûter un bonheur dont le malheur dispose,
Court moment de plaisir qui ferait bien rougir.
N'est-ce pas, belle enfant, que mon discours est sage ?
Comme il est beau l'honneur à la fleur de votre âge !
C'est un fort joli don l'agréable beauté,

Mais aussi, ma gentille, il vient à son côté
De bien adroits lurons même à la belle tête,
En cela ne craignez que la mienne s'apprête,
Mais il en est ailleurs de toute autre gaieté,
Et puis la liberté que certains veulent prendre
Quand on est aussi belle, aussi fraîche que vous,
C'est parfois difficile à savoir s'en défendre.
L'expérience à moi ne m'a fourni leurs goûts,
Mais il est plusieurs cas, certaines circonstances
Aux attraits séduisants et bien plus qu'on ne pense,
Tel veut trahir le cœur qu'il se fait prétendant,
Charme, enchante à sa grâce et fait l'adroit galant,
Si bien qu'il se contente et tout n'est fleur et rose.
Charmante jeune fille, ô la mignonne, ô vous,
Sage, aimable et pudique, oh ! bien je le suppose,
Mais veillez cependant. Quand les traits sont si doux
Et surtout si gentils, un nombre d'amis traîne
De la difficulté, de l'embarras qui gêne,
C'est assez difficile à se les éviter
Quand il est si facile à se les attirer.
Il faut alors beaucoup imiter de Marie
La sagesse et conduite. Eh ! moi-même la prie
De me rendre meilleur en son bon mois de mai,
Epoque où je suis né. Vous venez, je m'en vai,
Demoiselle gentille, adieu par ce voyage,
A vous revoir un jour aussi belle que sage
Protégée en ce monde aux soins si bienveillants
De l'auguste patronne et la tendre Marie,
Rapide aussi pour vous est la marche du temps,
Tous passent, les plus vieux et les plus jeunes ans.
Dans la cité céleste est la durable vie.
Ici ce n'est vraîment et que vide et désirs,
Mais la cité chérie a les parfaits plaisirs,
C'est la place assurée à l'enfant de Marie.
Ah ! soyez-la donc bien, jeune fille chérie,
Ici ce n'est que trouble et langueur et soupir,
Vous qui nous charmez, vous serez faite à ravir.

La Nuit

O beauté de la nuit où règne le silence,
Que me plaît ton aimable et paisible repos !
Quand je vois le brillant du firmament immense
Et ce beau clair de lune étaler à propos

Sa lumière baignante, ah ! mon âme est émue !
Je l'élève et ne vois la plus petite nue !
D'un œil timide alors je parcours la forêt,
La retraite et l'abri, le réduit plus secret
Ou de la bête fauve, ou de l'oiseau de proie.
Un peu dans le lointain un chien de chasse aboie
Et le gibier frémit, lui seul voyage, on dort,
Mais le rossignol chante en grande mélodie,
La nuit si belle et douce et bien digne d'envie
Quand on repose en paix, que l'on sommeille encor,
Le coulant d'un ruisseau là tendrement murmure,
C'est partout la merveille et de toute nature.
Ici c'est Philomèle à bien tendre soupir
Qui semble regretter de Pragé l'infortune
En accents tous plaintifs que m'apporte un zéphyr.
La tendresse du cœur n'est jamais importune.
Je vois beaucoup encore ! un transport me saisit !
Au fond de la prairie et d'aimable vallée
Qui réjouit la vue et lui trace une allée
S'élève en pente douce un côteau qui verdit.
J'aime le bruit fort doux de ses eaux découlantes
Précipitant au fond leurs chutes saisissantes
Qui baignent des rochers en mousse recouverts.
S'échappent lentement ces ondes écumantes
A travers le vallon. Je vois leurs flots divers
Sembler, en bondissant, vouloir baiser les vives,
Belles et tendres fleurs qui couronnent les rives.
C'est bien là que naguère, au déclin d'un beau jour,
Un tout majestueux et joli rond de lune
Sortant de l'horizon et dorant son entour,
Je vis une beauté comme on n'en voit aucune
Assise mollement sur la verdure en fleur,
Le gazon et la mousse et la tendre fougère ;
Elle avait une robe attrayante et légère
Comme le transparent de brillante blancheur
Dont la lune toujours embellit la nuée
Quand elle bien souvent nous en paraît voilée
Mais nous rayonne encor d'une aimable lueur.
La belle, au bras charmant, délicat, souple et tendre,
Soutenait un beau luth posant sur ses genoux,
Bel instrument tendu de cordes, les airs doux.
Elle en tirait des sons qui ravissaient d'entendre,
D'accords mélodieux et bien plus enchanteurs,
Plus touchants que les doux accents de Philomèle,

Elle chanta si bien les plus grandes douceurs
Et les langueurs d'amis, et les danses qu'on mêle,
Que toute la contrée éprise à ses honneurs
En retraçait partout, en célébrait les grâces,
Les concerts, puis l'oiseau, le rossignol se tut
Pour l'entendre, et l'Amour, tout surpris, en extases,
Appuyé sur son arc, écoutant ravi fut
En bosquet; je suis, moi, le dieu de la tendresse,
Des transports les plus doux, et je n'ai plus goûté
Et ce ravissement et cette volupté!...
Ainsi parle et se dit ce dieu de la mollesse,
Et malin Cupidon qui guette à notre entour
Pour nous atteindre au cœur de ses flèches, l'Amour !
Dragons, leur dit Phœbé, retenez de votre aile
L'élan qui vous transporte et d'un air attentif
Que l'on a bien toujours pour agrément si vif,
Sur son beau char d'argent se penche, soupire, elle
La très chaste déesse, émue apparemment;
La belle aussitôt cesse, et de l'aimable accent
Qui transporte et séduit les cœurs les moins sensibles
Ne résonnent déjà les grottes d'alentour,
Trois fois les derniers sons et les plus accessibles
Avaient produit écho si gentil tour à tour.
De ces chants la nature en célébrait encore
La douceur, l'agrément. Le rossignol muet
Tout étonné d'un chant plus doux que son duvet
Et perché sur sa branche, à cet accord sonore
Lui-même était épris. Tout respirait l'amour!
Et je m'approche alors de cette jeune fille
Attrayante et bien plus que la lune qui brille,
Qui rayonne, embellit partout à son entour
Et nous plaît de blancheur, de candeur apparente,
Je m'approche et lui dis : O beauté ravissante,
O vous, charmants attraits de l'aimable séjour,
Vous ondoyez mon cœur de plaisir, ô déesse !
Et je lui prends la main non sans trouble et soupir,
C'est l'usage à l'amant de changer ou pâlir.
Interdite à son tour et mine de sagesse,
Baisse ses yeux, la belle, en charmante beauté,
Pleine de modestie et de timidité,
Modèle à jeune fille et, rougeur au visage,
Elle brille et sourit à mon tendre et jeune âge ;
Moi, sans vigueur, sans force à ses charmants côtés,
Je tombe tout ému. Mes mots entrecoupés,
Et mon visage pâle, et mes lèvres tremblantes

Dépeignent bien assez des figures aimantes,
Les troubles et les plus indicibles transports.
La belle aux jolis doigts de main blanche et mignonne
En retouche son luth et les derniers accords
Sont si mélodieux que sa grâce en rayonne
Aux charmes de la nuit par la lune qui donne.
Dans mon ravissement, aux sonores accords,
Comme enthousiasmé d'ivresse, je m'endors
Et mon esprit se livre à grande rêverie,
Sommeil d'illusion où se passe la vie !...

Un Paradis

LE BONHEUR

Quels bocages, grand Dieu, très odoriférants !
Mille petits ruisseaux où coule une onde pure
Arrosent des gazons toujours frais renaissants !
Aimables tapis verts, beautés de la nature,
Quels lieux doux et charmants où règne le bonheur!
Nombre infini d'oiseaux chantent en ces bocages,
Et tous flattent l'oreille en bien charmant le cœur.
Par leur gazouillement, par leurs fort doux ramages
Font résonner l'entour. Tout ensemble sourit,
Tout étale fraîcheur. On respire, on chérit
Les fleurs ou liserons, les belles douces roses
Sortent à boutons frais ou sont partout écloses,
Les doux et riches fruits sur arbres répandus
Réjouissent les yeux, embellissent la branche,
Et tous flattent le goût de les voir suspendus.
C'est de ce fruit précoce et si suave à tranche
La poire, l'abricot. Sur rameaux étendus,
En cœur rose et vermeil la cerise s'épanche.
Dans ces aimables lieux où tout est innocent
N'est de crainte importune et n'est rien d'offensant.
On n'y ressent jamais ni les ardeurs brûlantes,
Ni les noirs aquilons des rigoureux hivers,
Ni la guerre altérée aux écumes sanglantes,
Ni la cruelle envie en tant de cas divers
Mordant, la venimeuse à la dent de vipère.
Là n'est jamais d'aigreur ni le moindre courroux
Et point de jalousie ! Oh ! le charmant parterre
Où ne sont vains désirs mais plaisirs les plus doux !
Remords, la pauvreté, la crainte ou l'espérance,

Divisions, dégoûts, dépits n'ont là jamais
D'accès ; non, là toujours est pleine confiance,
Sécurité, beauté, toujours mêmes attraits.
Quand les monts élevés, eux qui fendent la nue,
De leurs fronts tous blanchis, de neige recouverts,
Seraient tous renversés, n'en serait pas émue
Dans son parfait état, l'âme à ces grands revers.
Elle prend bien pitié des misères des hommes
Qui vivent dans le monde et, cordialité
Mais fort douce et paisible à n'altérer ses baumes,
Ses reflets de bonheur de la félicité.
Une vive jeunesse attrayante, éternelle,
Toujours épanouie et toujours aussi belle,
Une divine gloire à ne vous l'exprimer,
Une joie amicale et le tout à charmer,
C'est peint sur le visage à souriante grâce,
Grâce surnaturelle à naturelle face.
C'est toujours le plaisir et plaisir noble doux
Rempli de majesté. C'est le bonheur à tous,
C'est là transport d'ivresse et sans aveugle trouble
Où l'on s'entretient tant de ce bonheur sans fin
Du doux plaisir d'aimer, de cet amour divin.
Là, ce qui plaît et charme et plaisir qui redouble,
Un torrent divin coule et dilate et ravit
En ondoyant les cœurs d'un bonheur inédit,
Et ces cœurs tous ensemble, oh ! font en ces beaux lieux
La louange sublime à très noble justesse
De chants, de voix de cœur et d'un goût si pieux
Que c'est flux et reflux dans ces âmes augustes,
Heureuses pour toujours au triomphe des justes
A l'immense bonheur. Dans leur ravissement,
Plus courtes que nos jours sont pour eux leurs années
Qui coulent, croyez-moi, bien plus rapidement
Que les heures pour nous ! Heureuses destinées !...

Les Fleurs

Charmant groupe de fleurs
Aux mises printanières
De fort belles couleurs
Fait aux grâces premières !
Que de teints mignonnets,
De mines souriantes
Aux petits airs coquets,

Aux beautés ravissantes !
On dirait des yeux doux.
C'est qu'en voilà, j'espère,
Même de tous les goûts,
Oui, comme on les préfère.
Ils regardent le ciel
Que l'on voit apparaître,
Son aspect essentiel
Est le lieu du bien-être.
C'est en les imitant
Que la belle âme pure
Sans nul mauvais penchant,
Fait sa belle future.
Gentille et tendre fleur,
Bonheur pour qui vous sème,
Vous faites des douceurs
Et beaucoup l'on vous aime.
Aimable comme vous
Est toute demoiselle
Modeste dans ses goûts,
Pudique et sage et belle.

Aux jeunes personnes

Beaux fronts de dix-huit ans,
Jeunesse belle et tendre
Aux cœurs des plus aimants
Mais faciles à prendre,
Dans les jardins jolis,
De vos traits embellis
Aussi bien que de roses
Et de fleurs à pistil,
Dans les apothéoses
De ce monde à péril
Il est de ces serpents
Qui se métamorphosent
En de bien jeunes gens
Et près de vous se posent.
De langage et des yeux,
D'apparence pompeuse,
De légers en ces lieux,
De mine astucieuse,
Voyez, méfiez-vous,
D'un ange de malice,

D'aimable à vos genoux,
Nécessaire milice.
La cour a ses dangers,
La jeunesse est cupide ;
Le vice a ses foyers
Et la flamme est avide,
Elle prend d'un clin-d'œil
Si vos fronts ne rougissent
De surprise et d'écueil
Que vos teints ne pâlissent.
Jeune personne, ô vous
Si modeste que blonde,
D'un air prospère à tous,
Répandez à la ronde
Le parfum et l'odeur
Qui font toujours honneur.
Ils vous rendront parfaite,
Nous porteront bonheur,
Vous serez satisfaite
Et semblable en jardin
A cette belle rose
De fraîcheur du matin
Où nulle main se pose,
Ainsi qu'à cette fleur
Qui n'est du tout fanée
Mais d'aimable candeur
Et qui n'étant flairée
De l'insecte inconstant,
Du papillon volage,
Plaît et reste à passage
D'un digne prétendant.

Regret et bon retour

On voulait se venger, et contre une gentille,
Mais on ne le veut plus, on se repent d'abord,
Il faut oublier tout, qui n'a jamais de tort ?
Puis l'on dit : Quand ce n'est qu'un coup de jeune fille,
La blessure est sensible et ne cause la mort,
Et jouvencelle plaît, lui voit-on une larme
Cela vous saisit tout. Pour moi ça désarme.
Peut-on mal la traiter, l'inquiéter, la blâmer,
On ne doit lui parler qu'en douceur, à l'aimer.
Qui n'a plaisir de voir une charmante fille

De tournure agréable et modeste et gentille,
Sage, qui ne dit rien. Qu'on appelle railleur,
Amateur ou vieux chat, il faut être rieur.
Quand la bouche éloquente en accent le plus tendre
Fait bel et bon accueil, bien l'on aime à l'entendre.
Un œil doux et brillant habile à bien fixer
Devient si gracieux que l'on doit bien aimer,
Alors on est content ! Beauté faite à surprendre
Nous éprend de ses traits, de son aimable rire
Et nous flatte partout. Mais s'il est vrai de dire,
Qu'effacé de son cœur, on se croit malheureux,
Vous savez, pouvez-vous rendre encore joyeux,
O vous, la belle enfant, bien faite à satisfaire
Par votre air gracieux. Craignant de vous déplaire,
On est à vos genoux. Si l'on aime n'aimez
Et ne vous fâchez pas. Lorsque vous souriez
Vous devenez plus belle et plus aimable même
Que la nymphe Eucharys à côté du chasseur
Le jeune Télémaque épris fort tant il aime.
Ne changez de figure, ô belle, ange à douceur,
Beauté grande à tout œil ! devenez la conquête
Le triomphe et l'orgueil d'un jeune cœur d'amour
Si d'un autre ne va ni ne vous plaît la tête.
Votre valeur s'étend par écho d'alentour,
Aux éloges pour vous de muse affectueuse.
Oubliez avec elle, et toujours généreuse.
S'il est vrai, comme on dit, que d'excellents retours
Dissipent le chagrin et nous plaisent toujours,
La bonté, jeune fille, et le pardon si sage
Orneront la beauté de votre frais visage.

Sur le plaisir d'une aimable réponse

Le nid de la fauvette à l'enfant qui le cueille
Par ses petits oiseaux ne le met plus content,
Satisfait, plus heureux qu'on ne l'est sûrement
Par le gentil écrit à la petite feuille
De réponse empressée et de tendres accents
D'une amie aussi chère, aussi bonne que belle.
Jouit bien qui ressent la bonne odeur, l'encens
Aux charmes énivrants de tendre jouvencelle.

Les Grâces

L'ÉLOGE D'UNE JEUNE FILLE

La muse aime les grâces
Qui nous plaisent en tout,
Elles ont bien des places
Mais ne sont point partout.
Pour les montrer, que faire ?
On désire les voir.
Jeune personne à plaire
Peut fort bien y pourvoir
En allant à la glace,
Elle aura face à face,
Mais pour bien étaler
Et bien assimiler,
Il faut de chaque chose
A faire un joli tout,
Un bon petit teint rose
Que l'on aime partout,
Un maintien agréable
Qui toujours plaît à l'œil
Est de plus honorable
Et d'un aimable accueil.
Le fin et beau corsage
A de gracieux bords,
Fait fort bel alliage,
Donne élégance au corps,
Sans tout l'or des orfèvres,
Mais de petits pendants,
Traits doux, petites lèvres,
Beaux cheveux, yeux brillants,
Quel gentil assemblage
Pour tête à frais visage !
Il faut joindre à cela
Figure assez menue,
Gracieuse tenue
Que tout le monde n'a.
Ici le beau langage
D'agréable douceur
Orne fort le jeune âge
Et lui fait grand honneur.
De jeune gracieuse
Que l'on ne voit marcher
A la capricieuse

J'aime le pied léger.
Sa tête très gentille
Et d'appareil civil
Semblable à l'or qui brille
Plaît de même au viril.
D'élégance attrayante
En son costume en grand,
Fort polie à passante
Fait honneur à son rang.
Fait-elle un pas et sort,
Grâce, mine à la ronde
Lui sont faites d'abord.
Heureux qui vit pour elle !
Il aura beau matin
Jeune à l'âme si belle,
Donne la bonne main.
Le printemps dès l'aurore
En la chaleur du temps
Ne saurait faire éclore
De plus heureux moments.
Savez-vous qu'elle est celle
Qui vient là réunir
Et bonne et douce et belle,
Le tout fait à ravir ?
Il faut bien qu'on le sache
Sans le lui demander.
A cela l'on s'attache
Quand muse vient aider.
La muse ayant ses grâces
Aime à les voir en traces
Et nous désigne épris
De son tout petit ris
La gentille bien née
D'heureuse destinée,
Souriant je le dis.
Avec honneur j'observe
Son aimable réserve.
Par cette qualité
Le tout devient beauté,
Le ressemblant des grâces
A faire honneur en places
Et l'ornement des glaces.
C'est un éloge fait,
Un excellent portrait

Sans daguerréotype,
Ni peintre, ni pinceau,
Mais par le seul principe
D'un homme de hameau.

A une Amie modeste

Quand la neige en flocons tombe et couvre la terre,
Elle forme un manteau candide éblouissant,
Bien plus blanc que ne l'est le plumage charmant
De la fraîche colombe et que l'œil considère,
Il est plus apparent et plus frais même encor
Que le voile à la Vierge ornant la fiancée,
Relevant sa pudeur, l'alliance et son or,
Aussi frais, si candide est ton front, bien-aimée,
Toute aimable Marie. Oh ! sur terre et sur mer,
Doux, ils tombent moëlleux ces flocons sans hiver
A ne pas réveiller un enfant qui sommeille,
Bien plus doux que le souffle et la brise de mai,
Mais pas si doux pourtant que de lèvre vermeille
Un doux baiser, Marie ! Oh ! je soupirerai !...
Froid est beaucoup le sol que recouvre la neige,
Froide est aussi la main reposant dans la mort,
Comme froid est le marbre au triste et dernier port,
Mais il n'est pas plus froid que le cœur pur qui siége
En sein vierge, ô Marie ! et le tien tel encor.
Offrons donc à Marie, oui le cœur nous l'ordonne,
Un aimable bouquet, un bel envoi de fleurs,
Les prémices, les lys et de fraîches odeurs,
En l'honneur de son mois de mai qui nous les donne,
Ornons aussi son front d'une belle couronne.
Que sa douceur, sa grâce, ainsi que sa bonté
Fassent apprécier sa parfaite beauté.
Il faut pour la beauté que l'estime environne,
On en jouit toujours dans son honnêteté
Qui jointe à la beauté fait l'honneur, fait la gloire,
La conquête des cœurs, l'entière victoire.

Sur un portrait. Belle ressemblance

La voilà bien, c'est elle,
Cette aimable beauté
Comme en nid, l'hirondelle
En gracieuseté.

Cette beauté qui passe
Partout ailleurs que là.
Ah ! c'est bien cette face,
C'est elle, la voilà
Comme immortalisée
De pose et de durée,
Quelque artiste rêveur
Par goût de chose telle
Aimera sa douceur.
A genoux devant elle,
Par curiosité,
Dans sa sérénité
La trouvera fort belle.

R. B. du Bouyx.

Tulle, imp. Mazeyrie.

www.ingramcontent.com/pod-product-compliance
Lightning Source LLC
Chambersburg PA
CBHW061441170626
46811CB00005B/2327